# VOYAGE

EN

# AMÉRIQUE,

NOTES ENVOYÉES A G. LE VAVASSEUR,

PAR

E. PRAROND.

---

(*Extrait de la* Picardie.)

---

AMIENS,
IMPRIMERIE DE LENOEL-HEROUART,
RUE DES RABUISSONS, 30.

1864.

# VOYAGE

EN

# AMÉRIQUE,

NOTES ENVOYÉES A G. LE VAVASSEUR,

PAR

E. PRAROND.

(*Extrait de la* Picardie.)

AMIENS,
IMPRIMERIE DE LENOEL-HEROUART,
RUE DES RABUISSONS, 30.

1864.

# VOYAGE EN AMÉRIQUE,

NOTES ENVOYÉES A G. LE VAVASSEUR.

## I.

### L'ARRIVÉE.

Salut, Amérique,
Fille de Colomb ;
Grossière et féerique,
Vraie et chimérique,
A l'avenir long ;
Terre pacifique
Que livre, horrifique,
L'esclavage au plomb.

## II.

### NEW-YORK.

Voici New-York, table
De Pythagoras (*),

(*) Les avenues et les rues qui se coupent à angles droits donnent à New-York la forme d'une table de multiplication.

Signe véritable
D'un art de comptable
Qui n'a pas d'ingrats ;
Voici, mer instable,
Son grès détestable
Inégal et gras.

Aigles peints, devises,
Rails dans tous les sens,
Ballots, marchandises,
Fruits et friandises,
*Music halls* grinçants,
Tavernes, églises,
Lectureurs, Moïses,
Avec barbe ou sans ;

Maisons grises, blanches
Ou chocolat clair,
Plus loin bourgs de planches,
Rocs coupés en tranches,
Ecriteaux en l'air ;
Puis le parc sans branches
Où, des roches franches,
A poussé Shiller ;

De la Batterie
Jusques au Croton

A ma flânerie
J'ai tout offert, lie,
Boue et splendeurs, ton,
Le *bar-room* qui crie,
La maison qui prie,
L'arbre, le fronton.

Eh bien! c'est un monde
Qui naît et grandit.
La cité rédonde ;
En elle se fonde
L'avenir prédit ;
L'esprit dans l'œuf gronde ;
Le vin sous la bonde
Travaille et bondit.

## III.

### COURSE AU CANADA.

Le monstre incendie
Nous lance à travers
Champ, bois et prairie ;
Plus d'herbe fleurie,
Mais pommiers couverts ;
C'est la Normandie
Superbe, agrandie,
Avec ses prés verts.

Le maïs grelotte
Au nord de Boston;
L'Ontario flotte
Au port de Charlotte
Avec le doux ton
Du vin qui sanglotte
En lavant la glotte
D'un buveur glouton.

O France lointaine,
N'est-ce pas ta voix
Qui là, dans la plaine,
Passe avec l'haleine
Des eaux et des bois?
Oui, c'est bien la tienne
Cette langue ancienne
Au timbre *françois*.

Quand par aventure
Nous passons ton seuil,
Canada, verdure
Des pins, ô pâture
De notre long deuil,
Tout lieu nous adjure
Par Bonaventure
Ou par Argenteuil.

Voilà bien tes îles,
Tes cantons indiens,
Les aspects tranquilles
Des fleuves, tes villes
Aux vieux noms chrétiens,
Mais où, mains viriles,
Où les Ibervilles,
Les Cids canadiens?

Le canon couronne
Le front de QUEBEC.
O triste couronne!
Tandis que rayonne
L'eau près du quai sec,
L'aigle s'éperonne,
Menace, plafonne
Et tend griffe et bec.

La lourde conquête,
O cap Diamand,
Elle est sur ta crête,
Toute armée et prête
Pour l'écrasement.
Adieu gloire, fête!
Détournons la tête
Douloureusement.

La terre sereine
Couvre de ses chants
Les meurtres ; la reine
Fait mûrir la graine
Pour tous dans ses champs
Et Cérès syrène
Ignore la haine
De ses fils méchants.

MONTRÉAL, la bonne,
Toute France encor,
Voit mainte huronne
Changée en luronne
Avec perles d'or
Qui, douce, abandonne
Ou vend ce qu'on donne
Aux monts de Cawdor.

Les naïfs poèmes
Du cœur sont des lois
Et les sages blêmes
A bout de problèmes
A bout de *pourquois*
Chercheront eux-mêmes
Des leçons suprêmes
Chez les Iroquois.

## IV.

### L'OUEST.

DÉTROIT est de garde
Près du lac Saint-Clair.
Neuve et très-pillarde
CHICAGO regarde
Le Michigan clair.
Ville, Dieu te garde,
Toi, ta boue hagarde
Et ton hôte cher !

Voici la prairie
Aux peuples d'oiseaux.
Canard et *blérie*
Ont pris pour patrie
Les futs des roseaux,
Et la poule crie
Dans l'herbe flétrie
En dehors des eaux.

SAINT-LOUIS encore
De nous se souvient.
Le beau nom sonore
Dont le ciel s'honore

Sur elle retient
Notre œil qui s'éplore,
Car, comme elle encore,
Cœur franc se souvient.

Ô ville maîtresse
Du grand Missouri,
L'allure traîtresse
De la mulatresse
Qui marche en houri
Te charme. — O caresse !
La nuit en déesse
Au jour a souri.

Le père des fleuves
Coule devant nous ;
Il a vu des veuves
Pleurer aux épreuves
De rouges époux
Et des villes neuves
S'élever en preuves
De siècles plus doux.

Cincinnati, reine
De l'ouest, a planté
Son pied sur l'arène
Où l'Ohio lent traîne

Un flot gris-lacté ;
Plus loin est la plaine
Riche et toute pleine
De fécondité ;

Mais, plus près, la vigne
Cherche les coteaux ;
Elle monte en ligne,
Se tord et provigne
Pour l'heur des tonneaux,
Et, normande insigne,
Déjà se croit digne
Du los de Bordeaux.

---

La nuit est venue
Sur le *sleeping car ;*
Fuyant sous la nue
La terre inconnue
Est noire ; à l'écart
La faune cornue
De la forêt nue
Brame au froid, ce dard.

La forêt profonde
S'étend, oh ! s'étend

Comme s'en va l'onde
Sous la lune blonde
Baissant et montant
Du rocher qui gronde
Aux lieux où la sonde
N'a qu'un lit flottant.

-○○-

Soleil, allégresse!
Hymne en feu, réveil!
Que ton éclat naisse,
Egale jeunesse,
Triomphe pareil,
Partout, dans la Grèce,
Au front de Lutèce,
Sur GRAFTON, soleil!

Dès l'aube première
Un jeu varié
Fait dans la lumière
Rire à la paupière
L'or émerveillé.
CLEVELAND s'éclaire;
Tu brilles derrière,
Miroir d'Erié.

-○○-

Te voilà, tonnerre
Du Niagara !
L'eau taille la terre
Comme ce cratère
Que Dante explora.
Choc, brouillard, poussière,
Arc de la prière,
Gueule du hourra !

Mer tombant compacte
Des tables du roc ;
Bris, flots, neige intacte.
Le cahos en acte
Bat l'infernal roc ;
Sur la cataracte
Le ciel se réfracte
En chemin d'Enoch.

En leçon au crime
Tout marque ce lieu.
L'espoir a la cime,
L'horreur a l'abîme,
Et le poids de Dieu
Tremblants nous opprime.
Adieu, cri sublime,
Antre, gouffre, adieu.

## V.

### JUSQU'AU POTOMAC.

Compagnon, en route !—
Va, monstre forgé ;
Cours, franchis la voûte
Des ponts ; passe toute
Rivière. — Outragé,
Le roc qui t'écoute
Tremble et gronde. En route,
Fer de feu chargé !

Près du Delaware
PHILADELPHIA
Elève en bloc rare
Cousin du Carrare
Que Rome excisa
Le dôme qui pare
Comme une tiare
L'aire où Penn posa.

En route ! L'eau passe. —
Au fond d'un croissant
Le HAVRE DE GRACE
Se mire en la glace

Du golfe naissant
Et vers la terrasse
Que vet l'herbe grasse
Le soleil descend.

-ꝏ-

Capucine, orange,
Citron ondoyant,
Qu'en marine étrange
Dans l'air vert mélange
Le soleil fuyant !
Ciel du soir, quel ange
Derrière toi change
De lin flamboyant ?

Notre train qui vole
S'arrête en bâteau ;
L'immense gondole
Rit du vieil Eole
Sous son lourd fardeau,
Fume, et forte et molle,
Sans choc nous accolle
A l'autre plateau.

Allons ! Baltimore
Sur le Palapsco,
A l'hôtel Gilmore,
Par la main d'un more
Issu du Congo,
Nous tend, pure encore,
La liqueur que dore
Santo-Domingo.

Docile acrobate
L'esclave africain,
Pour lui qu'on se batte
Ou que l'on débatte
Droits, lois, perte, gain,
Court, ondule et flatte,
Ménechme, sans batte,
Du nègre Arlequin.

Donc, — que l'on défende
L'esclavage ou non,
Qu'à la propagande
Le Sud le marchande
A coups de canon, —
Bon noir, n'appréhende
Que mon vers s'épande
En pathos grognon.

Le secret terrasse
L'esprit réluctant.
Raison que harasse
L'effort, l'ombre embrasse
Ton œil qui se tend.
Unité de race?
Sang divers? Tout passe
Le sage hésitant.

Eh bien ! non ; périsse
Sucre ou coton brut!
Honte au vers qui glisse
Riant d'un supplice
Pour vibrer au but !
Point de droit factice.
Dieu tient la justice ;
Dieu se lève... chut !

---

Pochette secrète
Du cœur attendri !
L'œil sur toi s'arrête,
Te suit, te regrette,
Terre de Mary,
Mère toujours prête
De la cigarette
Et du rêve ami.

Dans les paysages
D'où l'or sort en sac,
Il n'est plus d'osages
Gardant les usages
Des temps de Capac,
Mais des plus vieux âges
Tu recouds les pages
En nerfs de tabac.

-o-

A Washington guerre,
Canons et caissons.
La coupole fière
Du capitole erre
Dans les noirs frissons,
Jetant meurtrière
Sa voix pour refaire
Les vieux unissons.

Longues avenues,
Théâtres forains,
Musiques, cohues
Suivant dans les rues
Les sonnants airains,
Et grandes tenues
Des troupes, mains nues,
Journal, sac aux reins.

Une simple grille
Ouvre cette cour,
Gazon et charmille,
Où de sa famille
Lincoln fait sa cour.
Au coin de la grille
Point d'arme qui brille,
Rien que le plein jour.

Ni licteurs, ni hache !
Point de croix de Marc,
De Jean ou d'Eustache,
De garde qui cache
Le *chewer monarch*
Qui dort sans panache
Et de son lit crache
Au bout de son parc.

Il faut bien qu'on t'aime,
Ville des états,
Où, quand la mort sème
A ta porte même
Le sang des combats,
Ton élu suprême,
Chef sans diadème,
Est grand sans soldats.

## VI.

### PAUSE.

Pacifique joute,
Effroyable choc,
Pionniers en route,
*Wharfs* sans fin qu'arboute
Le fer dans le roc,
Déserts qu'on écoute,
O sphinx ! Voilà toute
L'Amérique en bloc.

## VII.

### LE RETOUR.

La mer nous remporte
Au foyer natal ;
Sur l'hélice torte
Court la nef cohorte. —
O signe fatal
Pour l'Europe morte !
La mer est ta porte,
Astre occidental !

Mais loin tout blasphème
Du sol du passé
Où de la nuit même
Jaillit un poème !
Où, fronton cassé,
Tout Parthénon sème
Une ode suprême
Dans l'air caressé !

Où toute mémoire
Pose un titre aussi,
Car chez nous, ô gloire !
Tout garde une histoire :
Ce hêtre est Crécy ;
La jatte que moire
L'oiseau qui vient boire
Est Montmorency.

Chênes des Druides,
Ancêtres des bois ;
Vous, clairières vides
Que mordent, avides,
Cris, trompes, abois ;
O forêts splendides,
Laissez-nous sans guides
Courir sous vos toits.

---

AMIENS. — IMP. DE LENOEL-HEROUART.

www.ingramcontent.com/pod-product-compliance
Ingram Content Group UK Ltd.
Pitfield, Milton Keynes, MK11 3LW, UK
UKHW020235180726
13838UKWH00005B/2393